阿夢的故事

7個屬於你我的人生短片　　恩佐

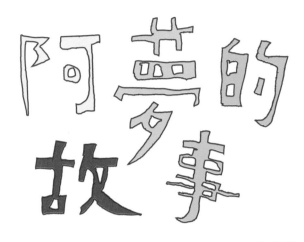

CONTENTS

獅子的琴聲

這座牧場不開放觀光，
純粹只生產牛奶。
而這裡，
是獅子即將落腳的地方。

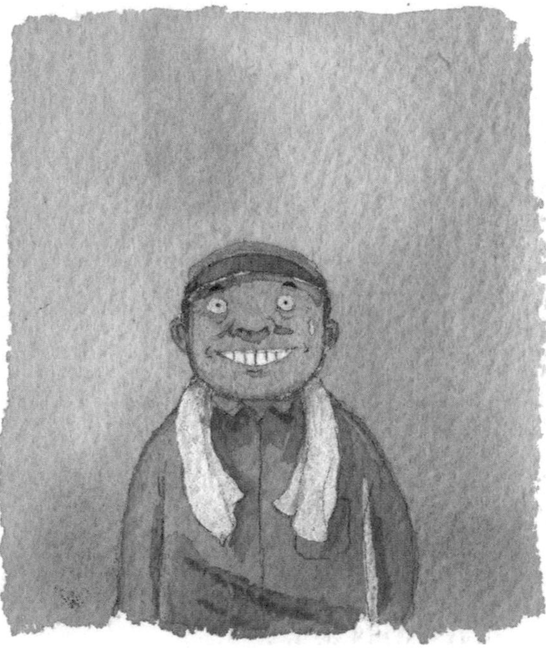

雖然我再三保證他只吃熟食，
但是當一頭獅子站在任何人面前，
還是會讓對方備感壓力。

所幸我帶了幾瓶好酒。
有時候人只要一失去理智，
很多事情都會變得簡單。

獅子是我找了另一頭更體健的，
從動物園裡交換出來。

為什麼我要救他？
因為他是一頭會彈鋼琴的獅子⋯

曾經，
獅子只是個毛髮濃密的鋼琴少年。
但不知道為什麼，外觀逐漸改變……

而就算是溫柔的琴聲，
也無法改變最後成為獅子的事實。

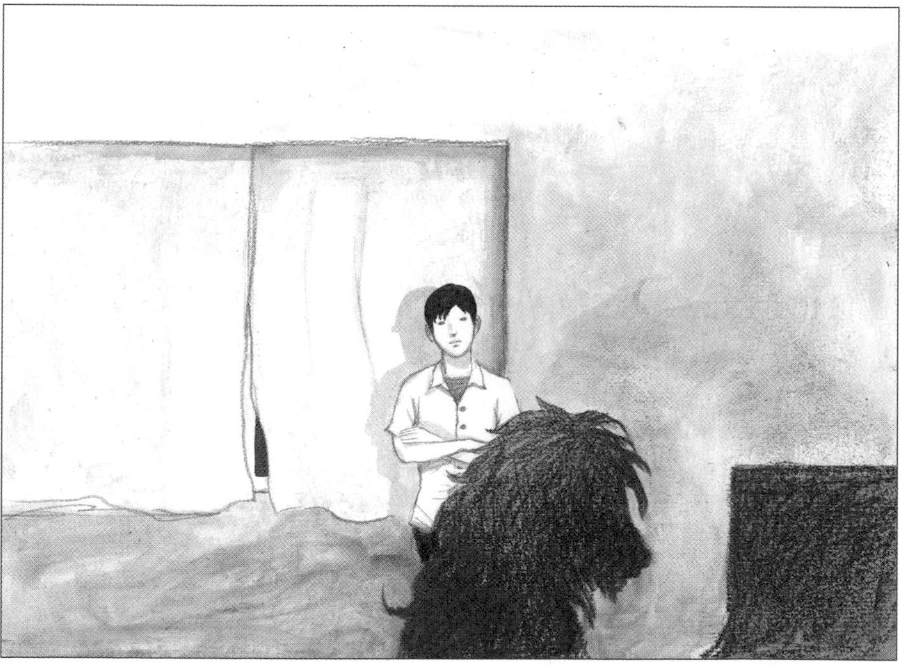

於是他更加努力彈琴，
但相反的，
他越努力寂寞卻越深。

那一天獅子是在音樂廳被圍捕的，
他跳上了舞台，
台下的觀眾驚慌失措簡直嚇壞了。

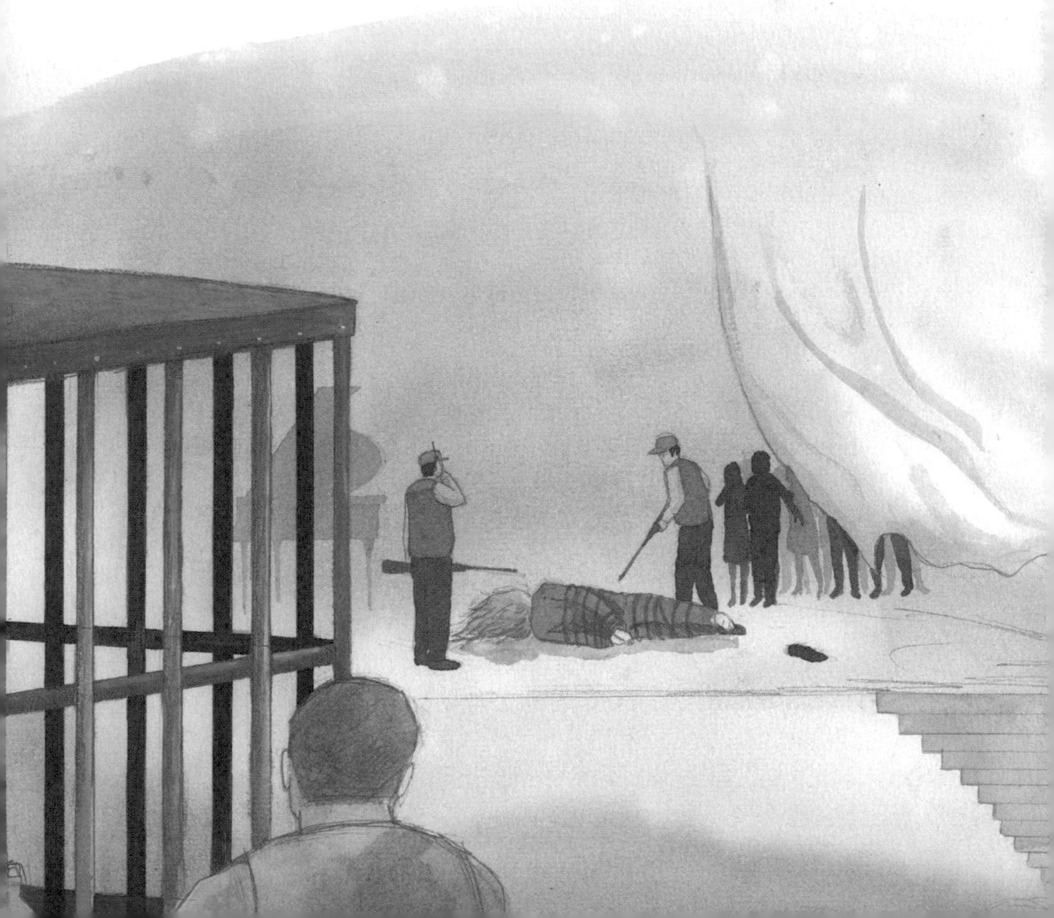

後來獅子被送進了動物園。
因為人們對於獅子的認識，
決定了他們寧可隔著
一道玻璃窗欣賞。

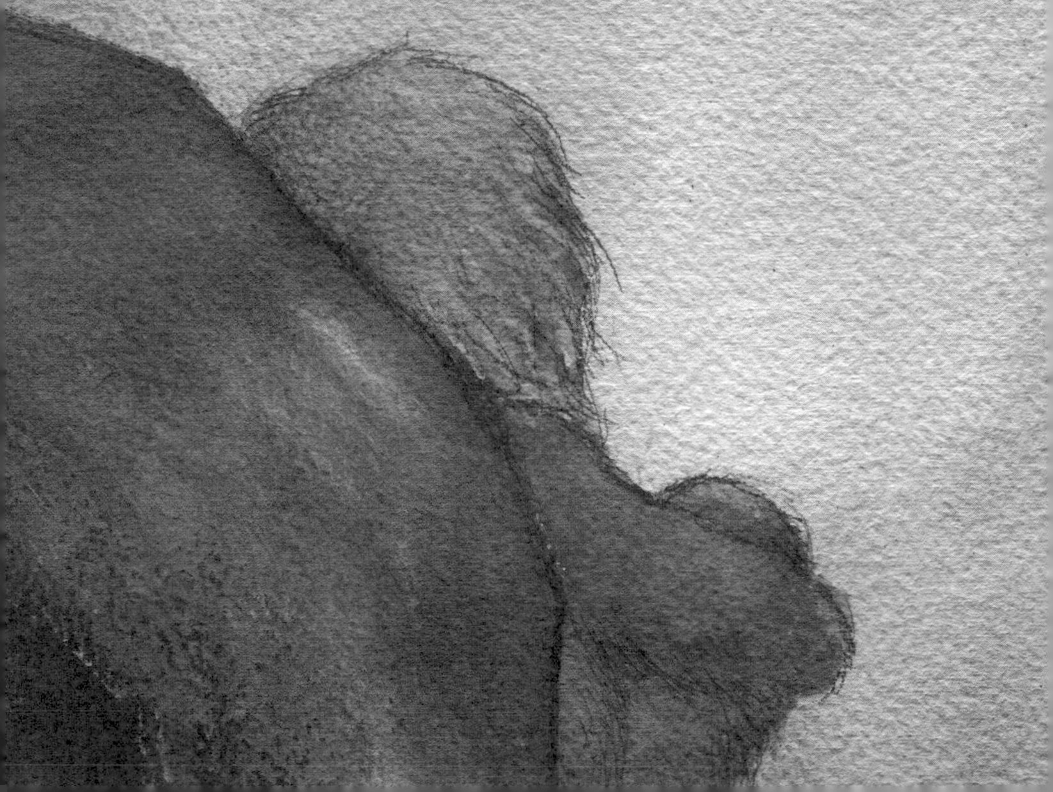

而那個被囚禁以滿足遊客的日子裡，
他變得虛弱又暴躁，
好幾次撲倒管理員，
差一點就被射殺。

或許他永遠都不是
一頭稱職的獅子，
但那是人們對他唯一的期待。

新來的？

喏！獅子，這禮服送你。

這座小丘，
是我幫他掙來的唯一舞台。

我不知道獅子是否明白
自己可能在此終老，
但至少圍捕的事件不會
再發生了。

現在那座牧場，
白天依舊維持正常的運作，
傍晚以後山谷裡會流溢出清脆的琴聲，
那裡所生產的牛奶品質越來越好。

牧場主人說乳牛的品味讓他驚訝，
牠們居然比他更懂得音樂。

我說乳牛當然聽得懂音樂啊⋯⋯

因為他們從來就不知道，
什麼是獅子。

鳥人

天空中有一隻鳥人，
每天都在城市的上空來回穿梭。

捷 0800-
951988

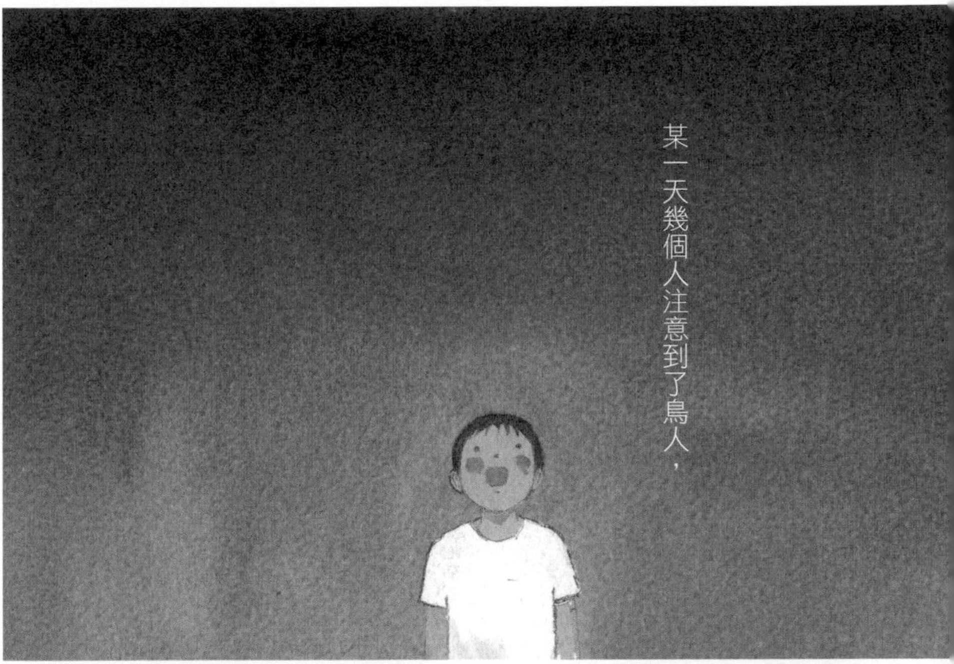
某一天幾個人注意到了鳥人，

他們向鳥人訴說了願望。

鳥人幫他們實現了夢想。

消息傳開，
一夕之間飛行熱在這個城市開始蔓延。

每一天站牌前都大排長龍，
遨遊天際成了最火熱的願望。

那些現實上的苦悶，
似乎都消失無蹤。

人們看似多了些幽默。

多了些想像。

多了點瘋狂。

但，問題來了⋯

鳥人好像越飛越高。
越飛越快。
甚至越飛越遠。

最後沒有人再受得了了。

站牌前空無一人，
鳥人去了哪也無人聞問。
鳥人的熱潮很快就過去了。

城市又恢復了它
原來的秩序，

人們也回到自己的生活裡
繼續努力。

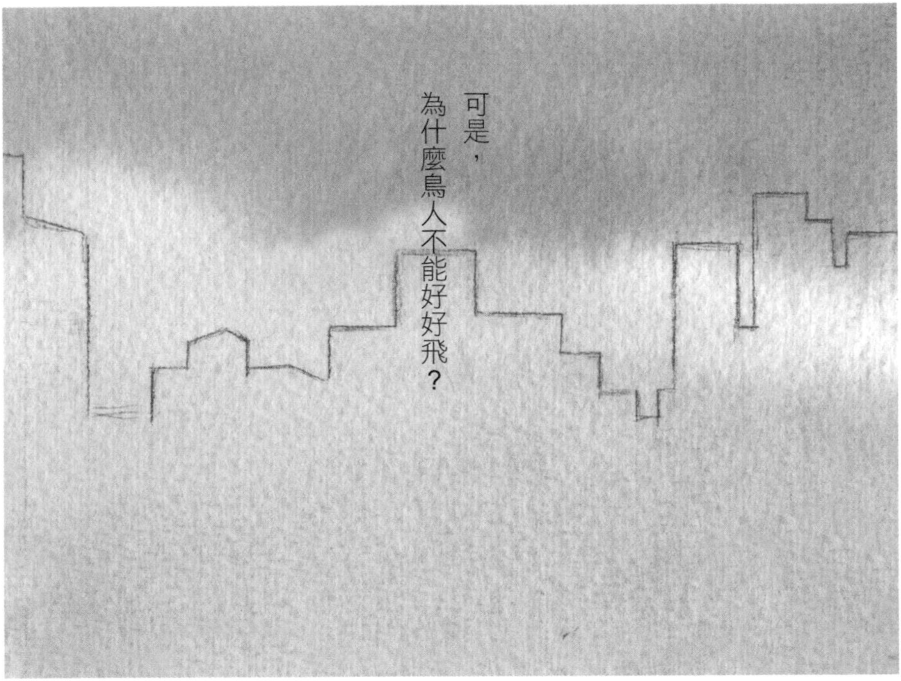

沒有人知道，
也沒有人想知道。

因為對於習慣在地面上
行走的人們而言…
飛翔只是一種新鮮的
消遣與體驗，

知道這麼多，真的沒有必要。

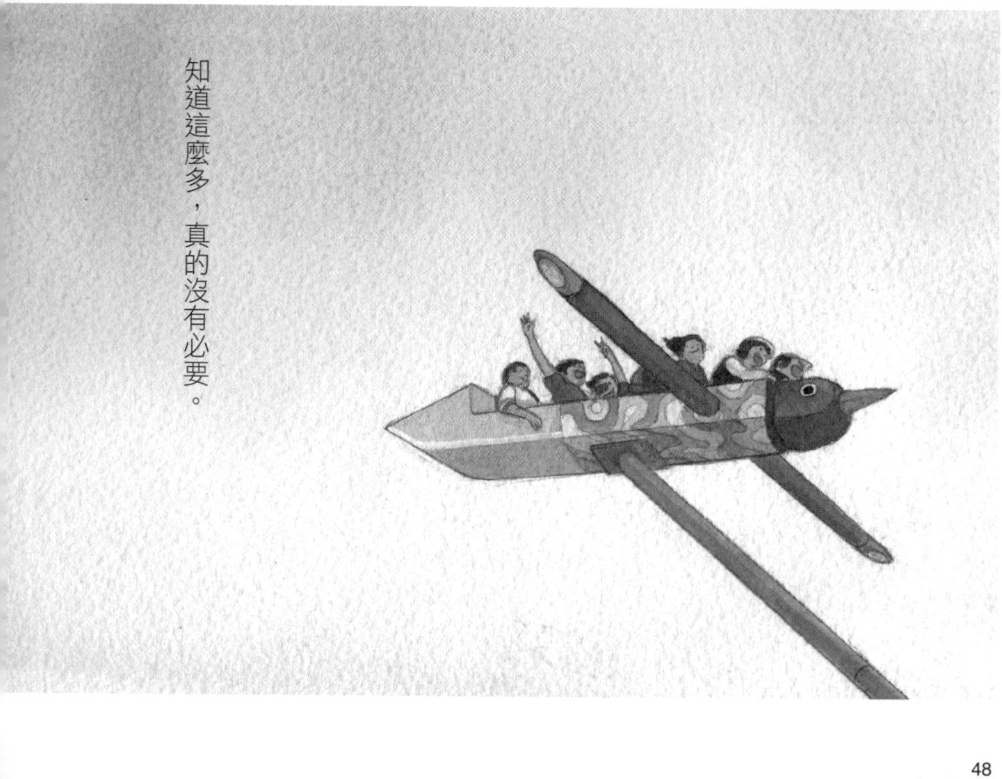

除非是那些真心想知道答案的人⋯

這一次，鳥人依舊飛得很高，
飛得很快，飛得很遠……

他們去了哪裡？
去了多久？
一樣沒有人知道⋯

直到有一天天空中出現了兩隻鳥人，
就在城市的上空來回的穿梭。

阿夢的故事

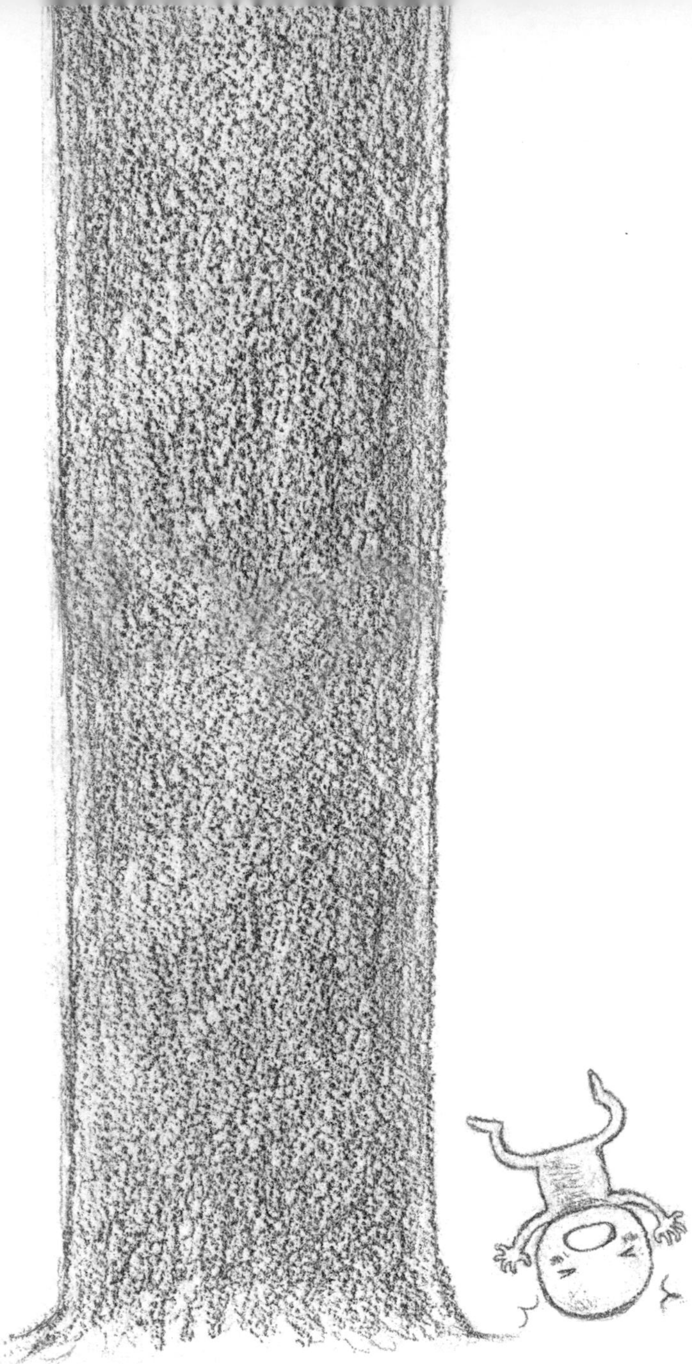

阿夢從小就孤孤單單的。

除了不被理解，
還要受到嘲笑與冷落，
甚至是爸媽的責難。

可是阿夢沒有放棄。

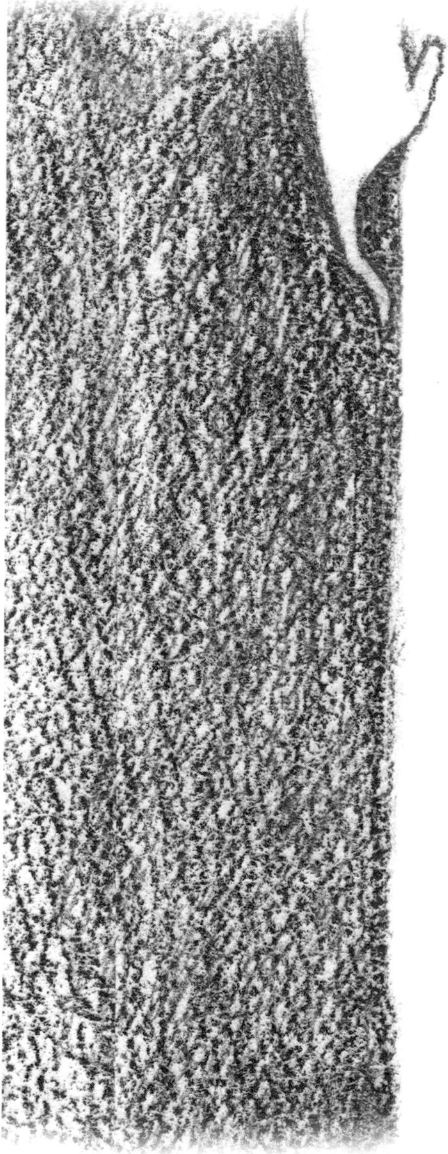

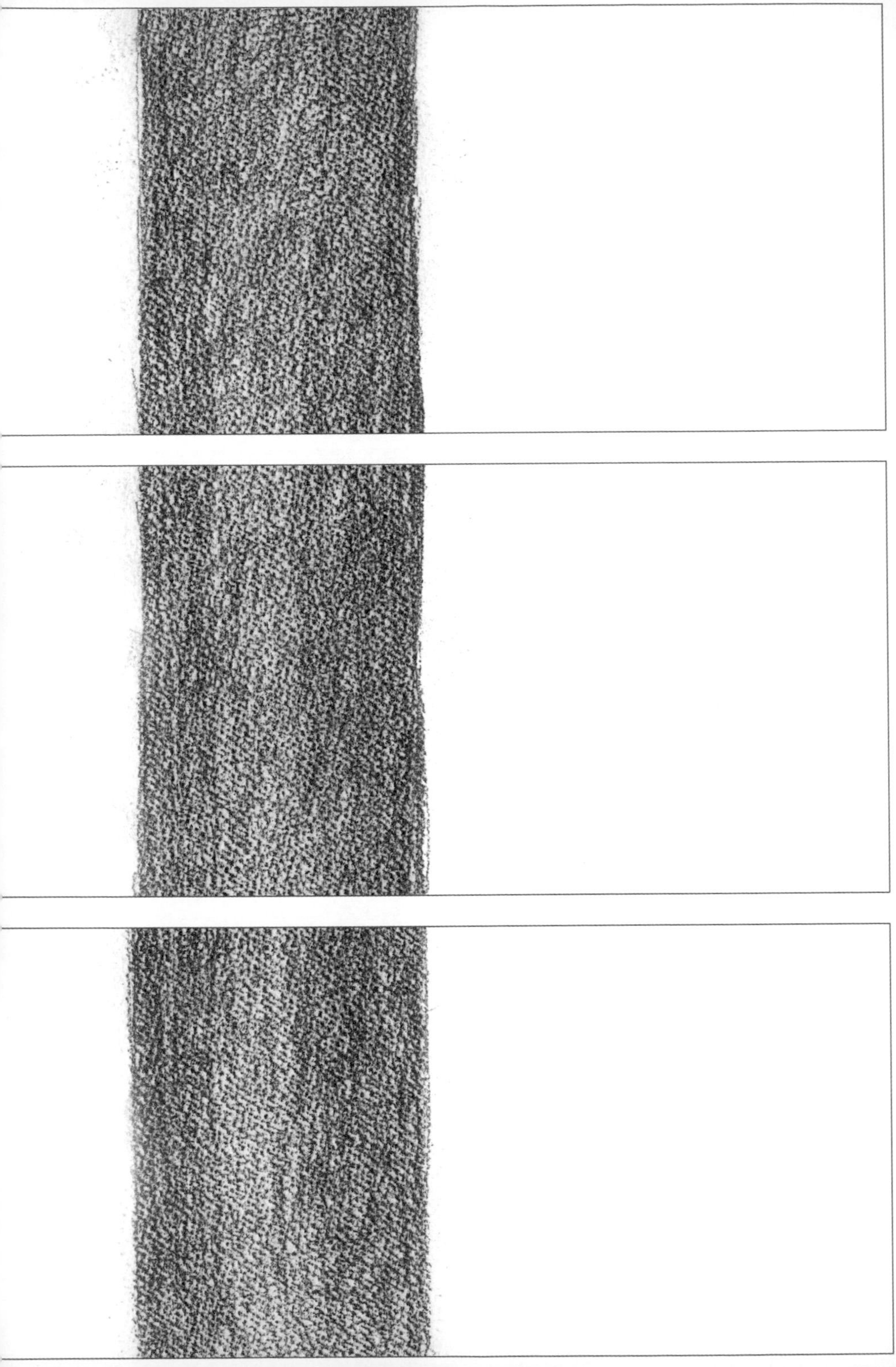

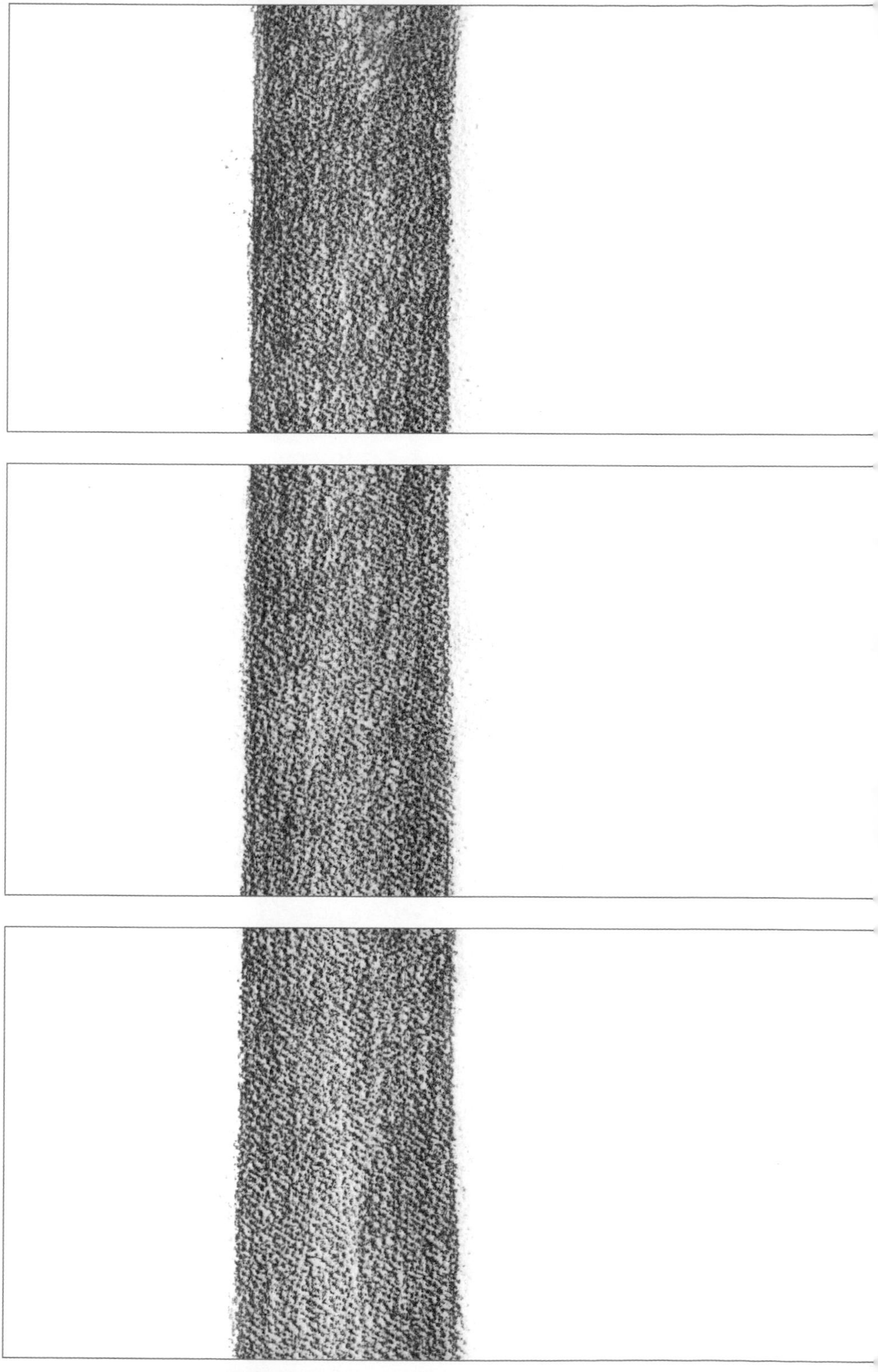

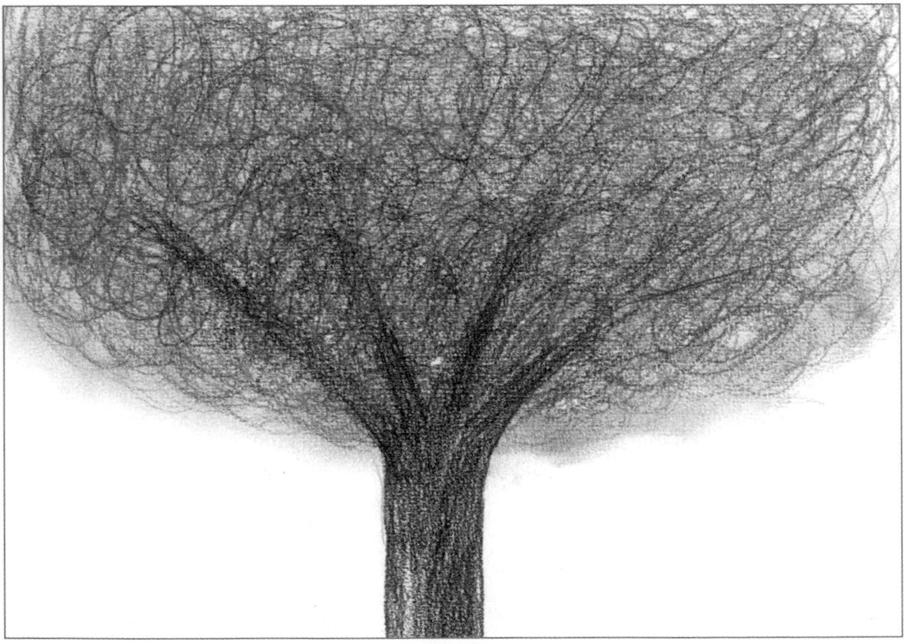

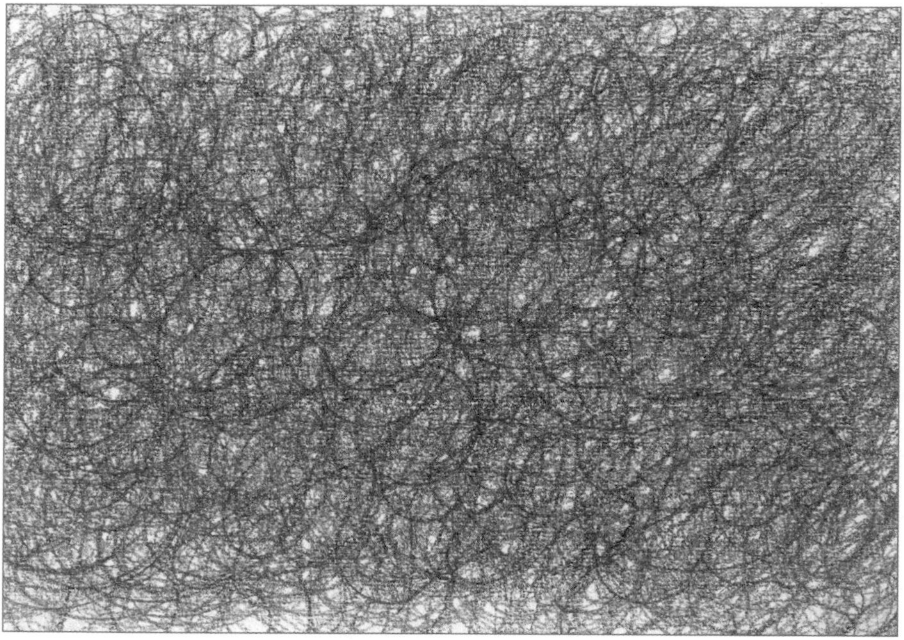

他成功了。

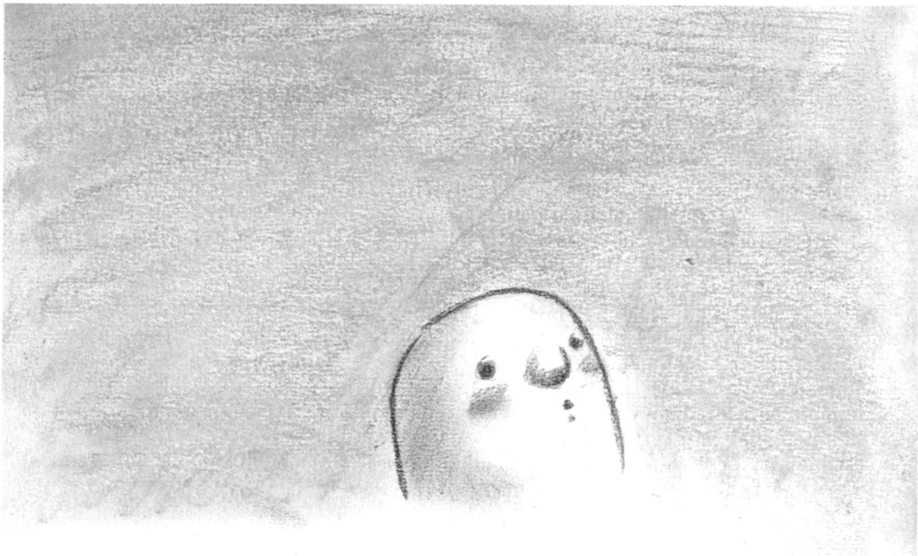

那一天他遇見了阿名與阿利，
三個人成了形影不離的好朋友⋯

現在阿夢成了大夢，
每個人都喜歡他。
爸媽為他流下驕傲的眼淚。
那些曾經看不起他的，
現在也給予他最熱烈的掌聲。
阿夢的影響力開始蔓延到各地！

每個人都希望阿夢能分享追夢的過程，

而他所分享的字句
也都牽動著台下觀眾的情緒。

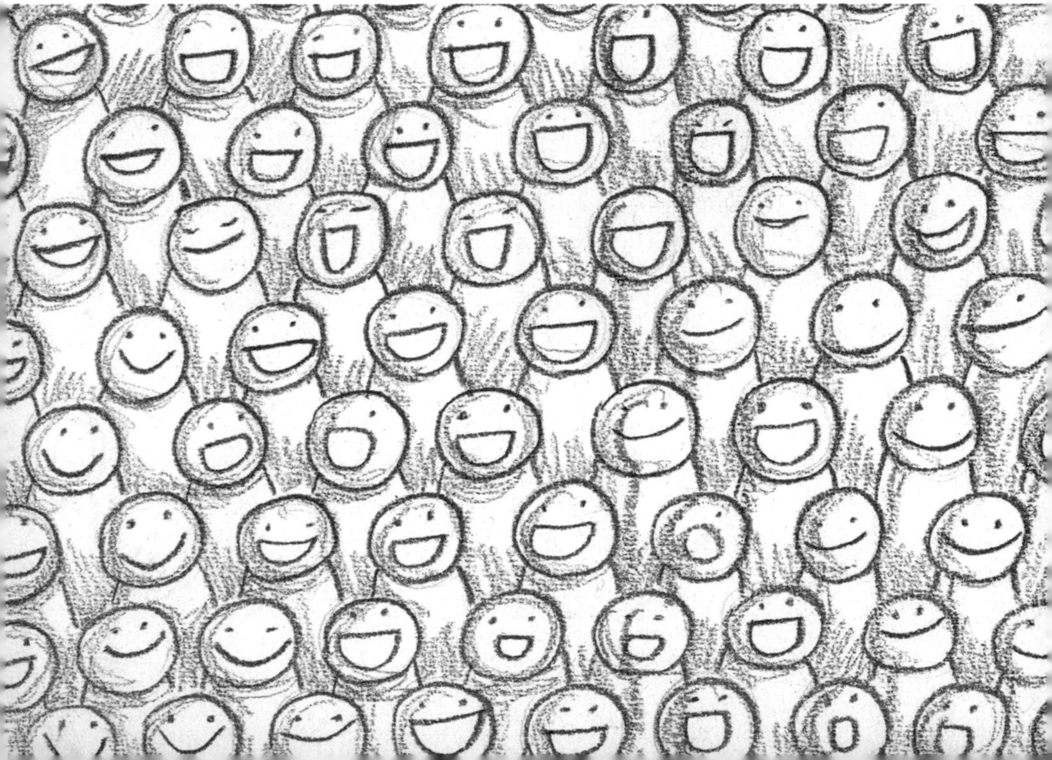

就在這時候，阿名突然尿急跑去上廁所，
結果一群觀眾跟著阿名走了。

阿利見狀想把他們請回來，
另一半也跟著阿利走了。

台下突然空無一人，
只剩阿夢獨自站在台上。

一直到阿名與阿利又回來了，
這時台下再度擠滿了觀眾。

大家等著阿夢發言，
但阿夢卻不禁掉下了眼淚。

「原來什麼都沒有改變，
原來⋯⋯
我還是那個不被喜歡的阿夢。
謝謝各位。」

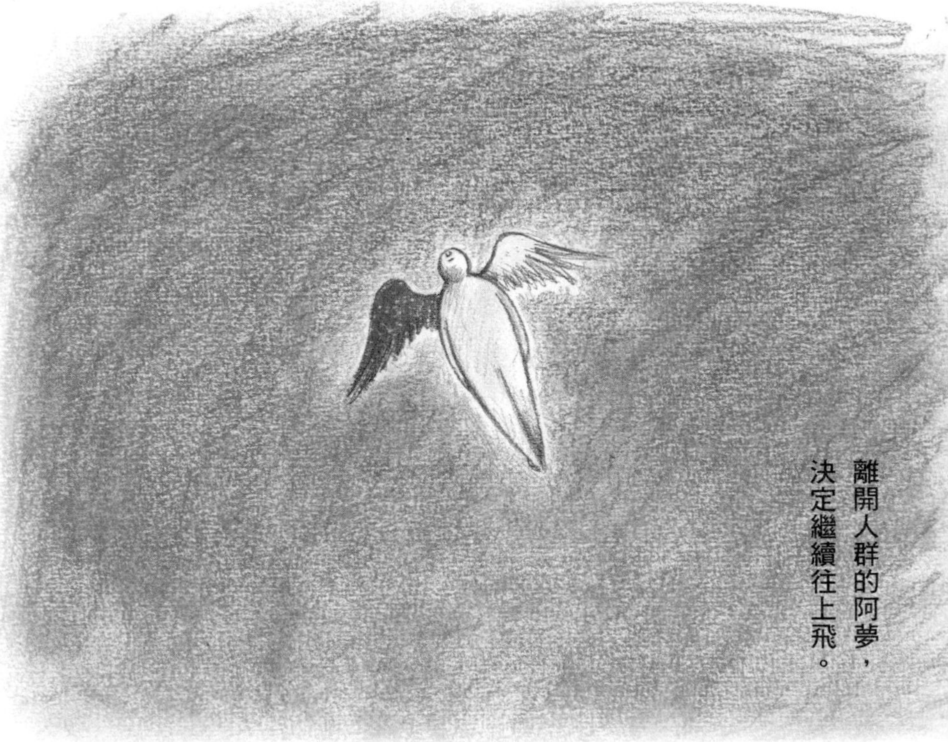
離開人群的阿夢，
決定繼續往上飛。

他越飛越高，越飛越高……

阿夢又到了一個更高更廣的世界…

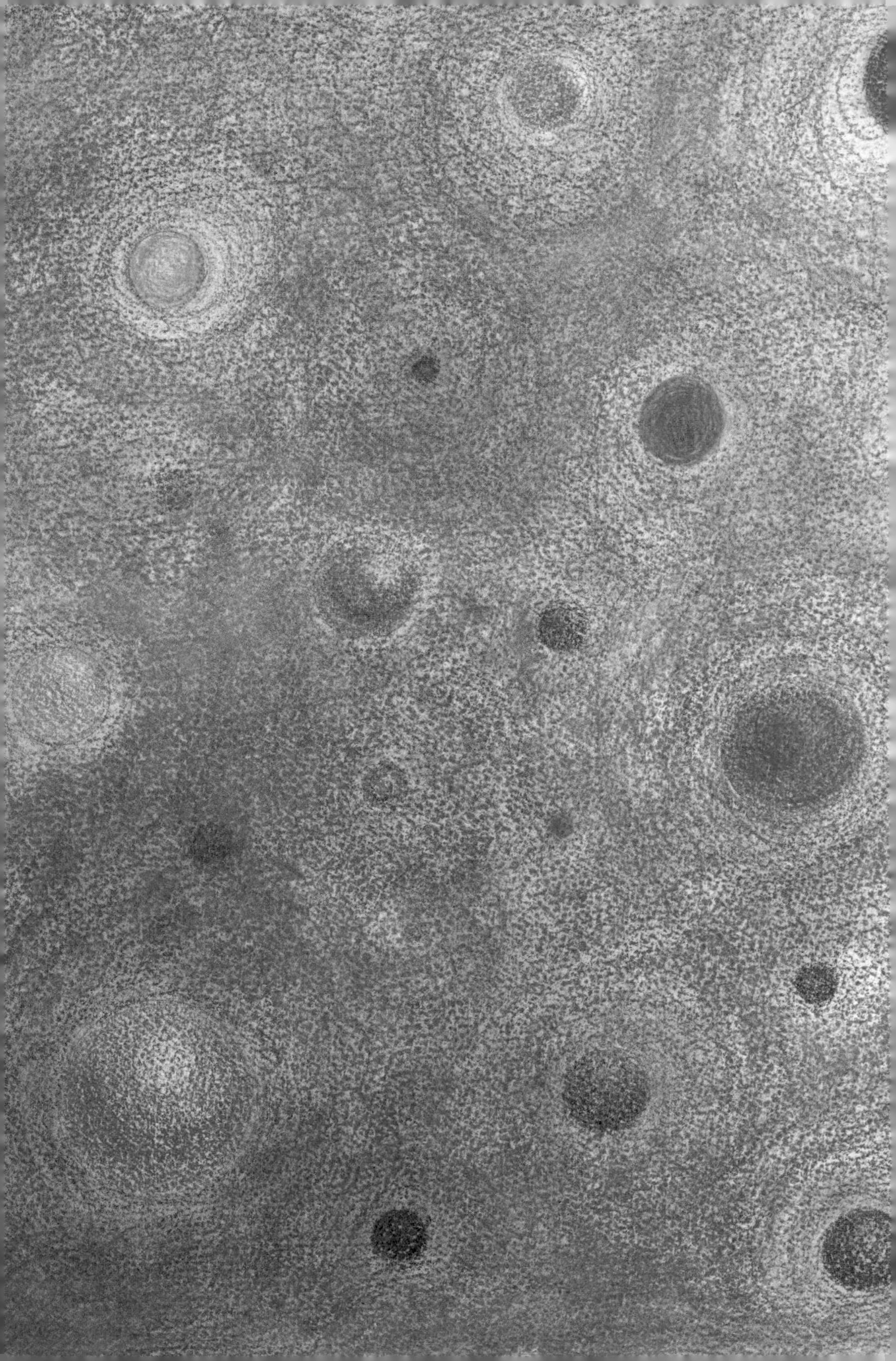

其實什麼都沒有改變，
阿夢還是原來的阿夢。

自私的大猩猩

大猩猩又來敲門了，

這個禮拜已經是第四次，
我們都快被他煩死了。

沒有錯，
我們是答應大猩猩，
要給他五塊磚頭作為幫忙蓋房子的工酬。

可是他怎麼不先跟欠十塊的要呢？
何況我們又不是不給……

難道他不知道暴風雨就要來了，
我們都需要留些磚頭好抵擋，
這時候來跟我們催討，
會不會太不近人情了！

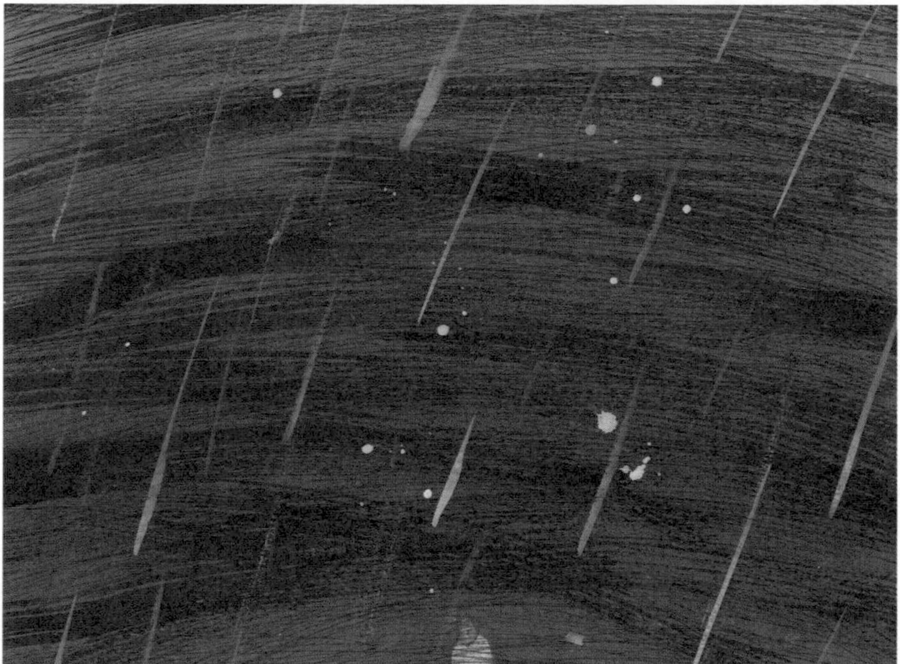

唉，算了。等暴風雨一過，
欠大猩猩的我們都會還一還，
從此不要再有瓜葛。

說起來這事，
也算讓我們看清了大猩猩的真面目。

雖然他看似寬厚，
但事實上也只是個不管他人死活⋯⋯

自私又貪婪的傢伙。

魚男

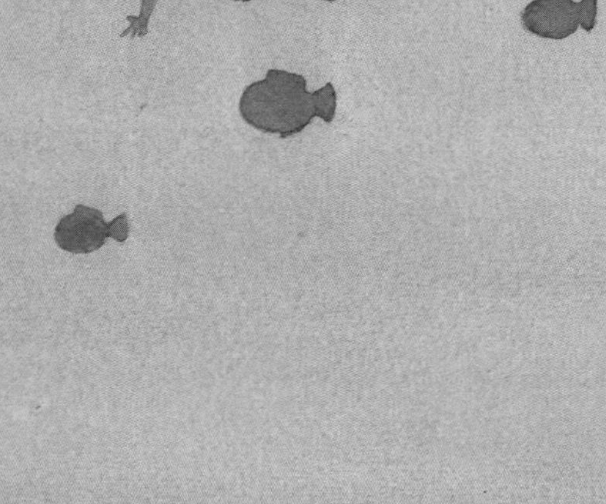

我想當飛行員！

我想當科學家。

我想當公主…

我要當總統！

我要養魚！

呵呵，很好。
那你以後就當動物學家吧！

可是魚男辦得到嗎？

喜歡動物並不等於就能成為
動物學家。

平庸的魚男沒有一科在行，
毫無意外的，
也就平庸的長大了。

而到目前為止，魚男就快滿四十。
平庸的人生也還在持續中⋯

高職畢業魚男到了魚店上班。
店裡各種從未見過的魚，
讓魚男一頭栽進了養魚的世界。

每種魚都有不同的養法，
魚男經歷了許多次的失敗。
他把賺來的薪水幾乎都用在
添購新魚和器材上。

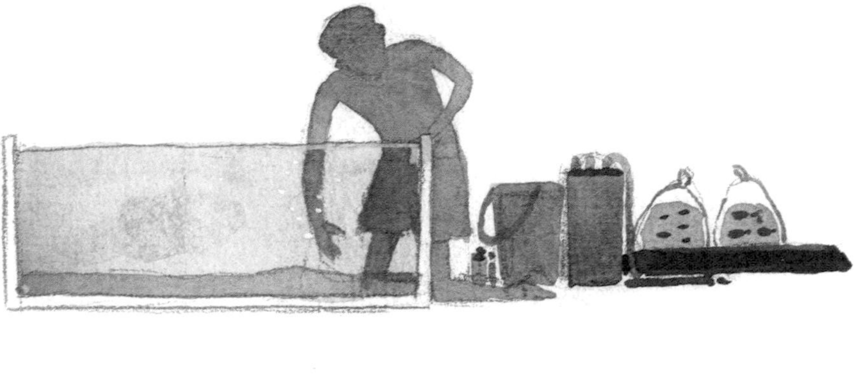

直到有一天，
他終於掌握了一定的技巧。

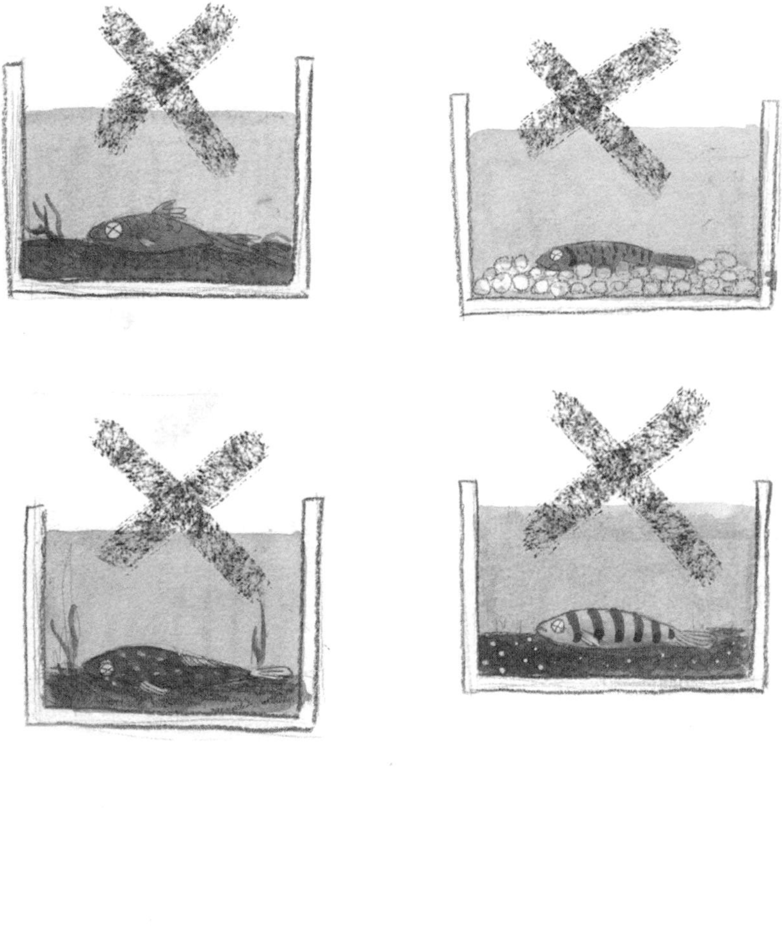

魚男還因此結交了幾個同好。

這隻形體不夠圓。
這隻有雜斑…
這隻顏色不純尾鰭也沒開。
這隻觸鬚太少。
還有，
你養這種水溝魚幹嘛?

你們知道嗎？
南美洲有一種鮮豔的食用魚，
國內沒有進口，
我打算透過我爸的
貿易公司引進……

這個時代就是要透過整合，
你們出錢我出腦。
怎麼樣？要不要玩一下？

但魚男手上沒有錢可以投資，
另外審美觀似乎也跟同好不太一樣，
於是慢慢的，大家也就疏遠了⋯⋯

二十九歲那年，
魚男總算下定決心開店。
但他只懂得養魚卻不善經營，
不久附近開了間大型的寵物量販店，
魚男的小店很快的就被打趴了。

但魚男並不知道自己還想做什麼，
於是他又回到了過去的魚店上班，
不久過去的魚店也倒了，
他只好一間倒了再換一間。

這幾年魚男陸續談了幾場戀愛，
不過交往的時間都不長。

女孩或許也都愛魚，
但並不想跟魚交往。

更重要的是，
她們無法接受魚男對事業沒有企圖，
對未來沒有計畫。

到了三十五歲魚男尚未還清債務，
也沒有錢娶老婆。
在父母的反對下魚男換了工作。
只是每一項都做不久。

三十八歲，一事無成的魚男，
終於被父母趕出了家門。
他租了一間便宜的公寓頂樓，
這下魚又養得更多了。

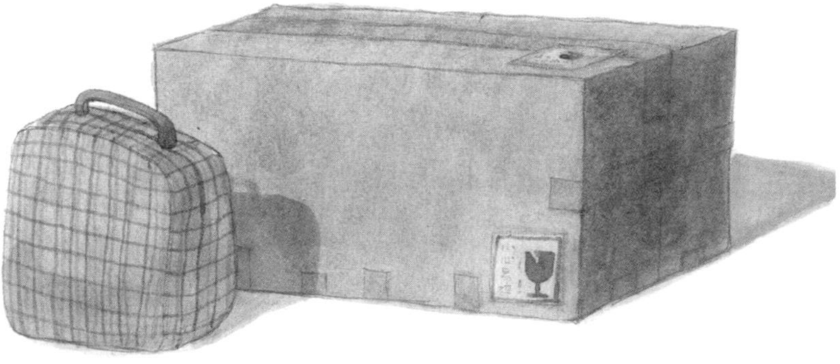

三十九歲第一次的同學會舉行。

光頭如願當了飛行教官。
馬桶蓋反而成了動物學家。
公主嫁給了田橋仔拚出了兩個王子，
最近又生了個可愛的小公主。
而她暗戀的班長，現在是政界的未來之星，
或許哪天真能選上總統。

最新一期的魚雜誌刊登了胖子的消息，
他贏得了這一屆觀賞魚大賽的金盃。

而近期最火的皇帝魚，
是由眼鏡仔從非洲引進。

今天魚男上班時，
被一間診所裡的大魚缸給吸引。
而診所裡的年輕牙醫，
原來就是當年來打工的小弟。

魚男想起了小弟離職前說的⋯⋯

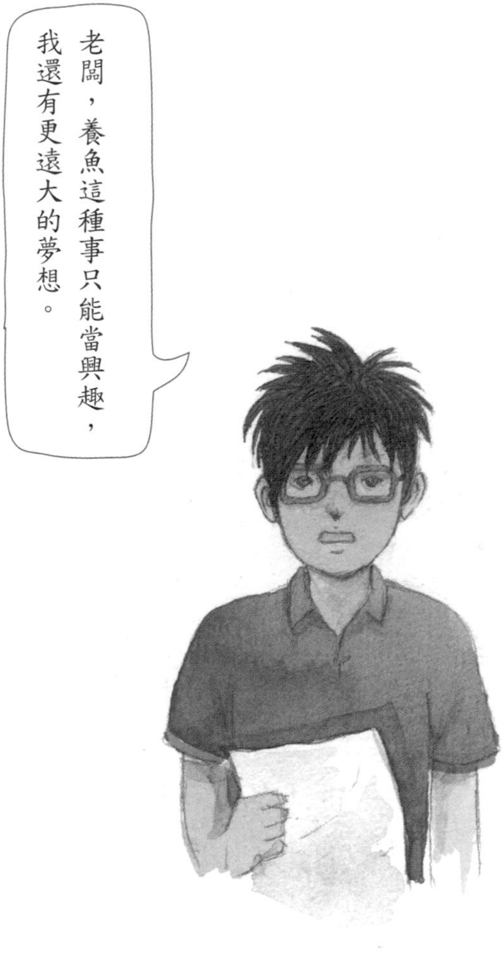
老闆，養魚這種事只能當興趣，我還有更遠大的夢想。

魚男小時候的綽號其實叫愚男。
他喜歡跑到河邊看魚。

有一次他問馬桶蓋：
「如果手不必通過水平面，
那麼皮膚還會濕嗎？」
於是馬桶蓋幫他取了這個綽號。

而今天世界似乎真的拉出了一條水平線，
魚男得暫時留在線的下方。

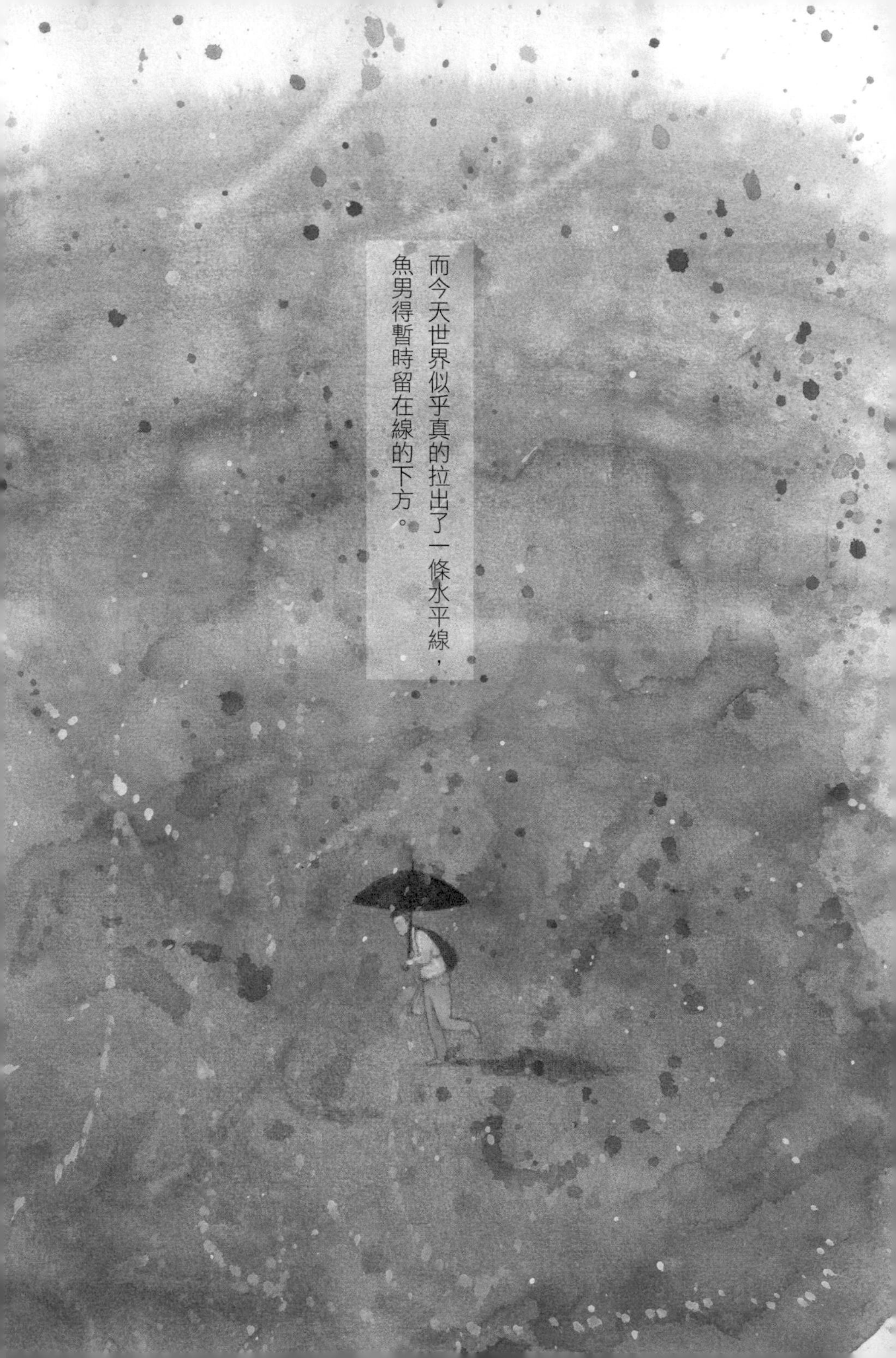

大家都說魚男是個沒有夢想的人。
可是如果從沒想過要破水而出，
那麼還有冰冷跟溼透的感覺嗎？

七歲的那年，魚男第一次看到小
魚吃下自己投遞的飼料，

那一刻，他就在心裡築起了
一個小小的夢想。

而今天魚男回到家中，
巨大的魚缸正迎接著他⋯

這個晚上，
母魚又懷孕了，
魚男又得熬夜擠卵。

他再一次將手伸進水裡……
他終究沒有成為動物學家……

但也許很早以前，
魚男已經實現了夢想。

食人魔

我遇見了食人魔，
傳說牠已生吞了無數的人。

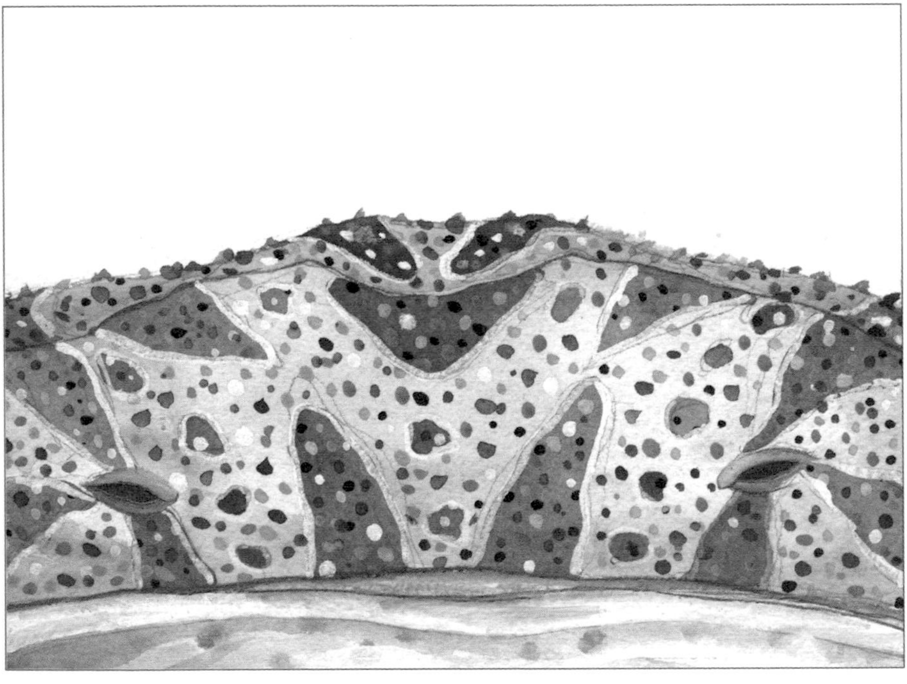

在魔的面前，我無法想像
此刻若是這樣死去，
將帶著何等深的遺憾。

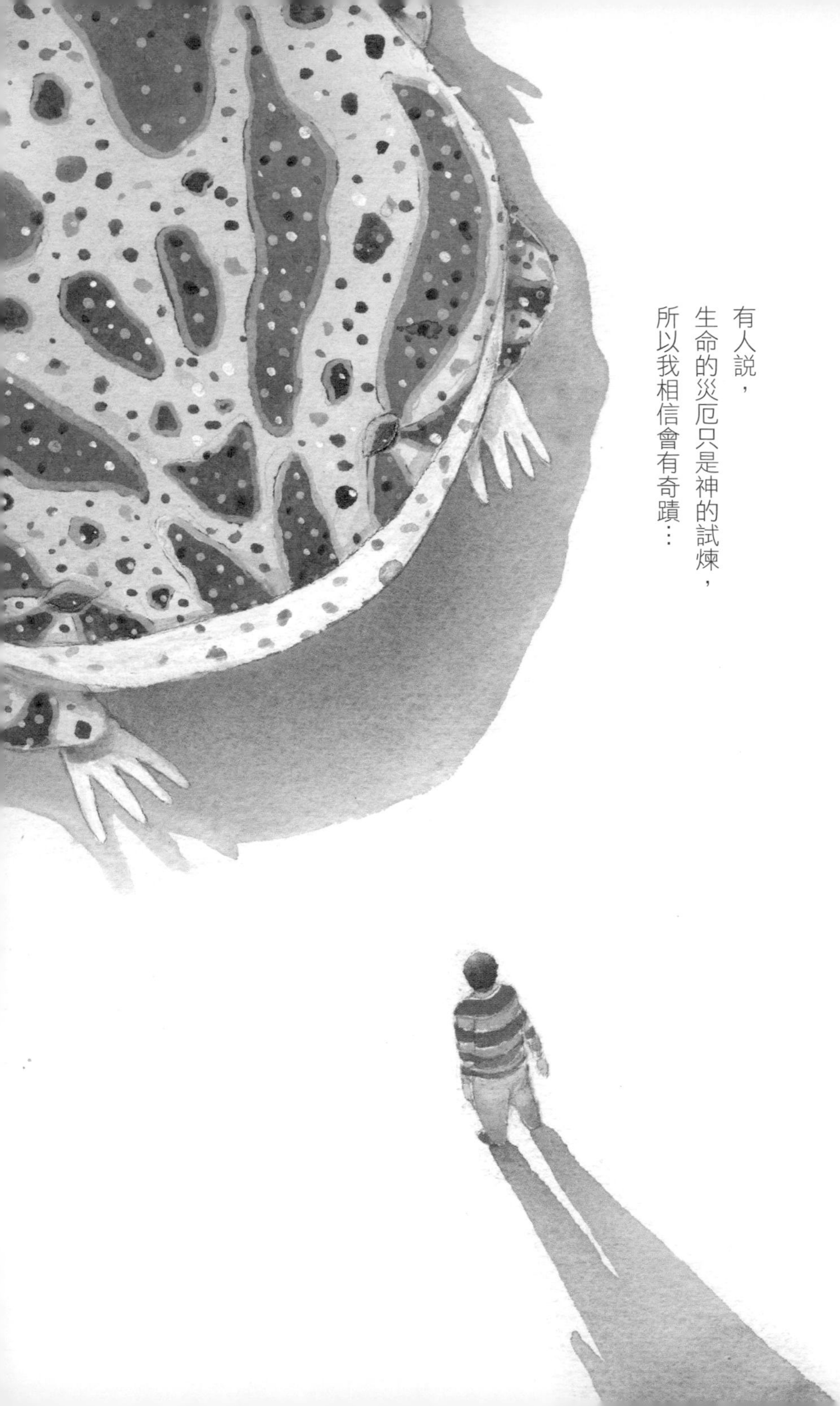

有人說，
生命的災厄只是神的試煉，
所以我相信會有奇蹟…

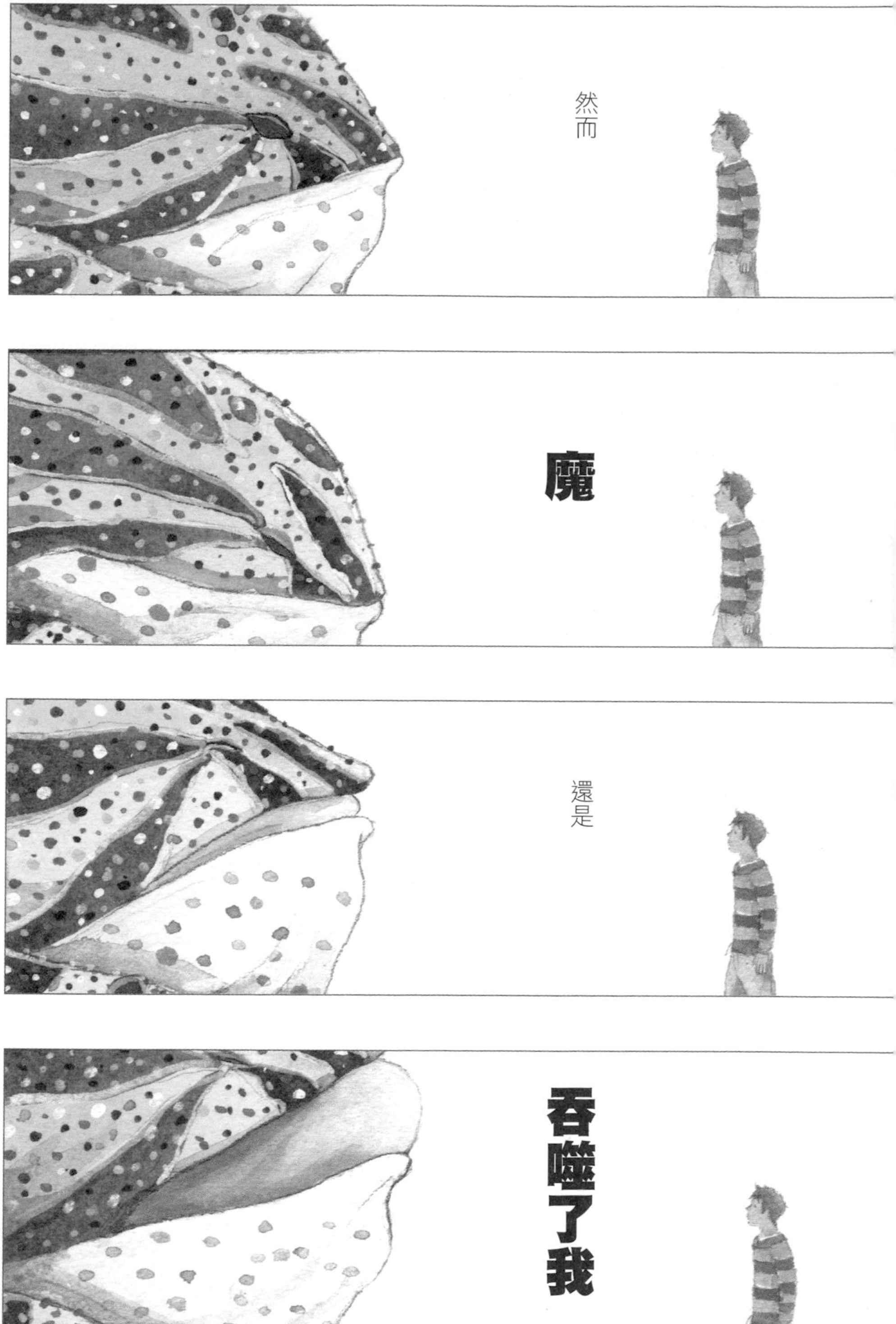
然而
魔
還是
吞噬了我

原來我終究是這樣廉價的，
如同其他受害者一樣，
在魔的肚子裡化為養分。

可是，就算我徹底的覺悟，
神為什麼聽不見我的哀求？

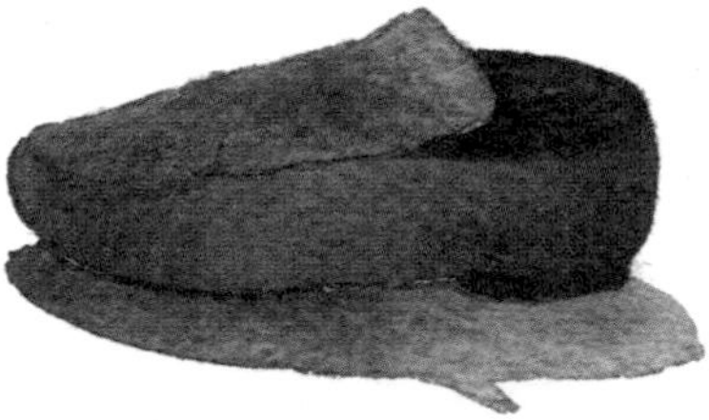

最終，我的肉體完全粉碎。
而靈魂卻依附在魔所繁衍的後代裡。
我成了另一隻食人魔。

在我的面前，
這個人就像當時的我一樣，
嘴裡哀求著神的憐憫。

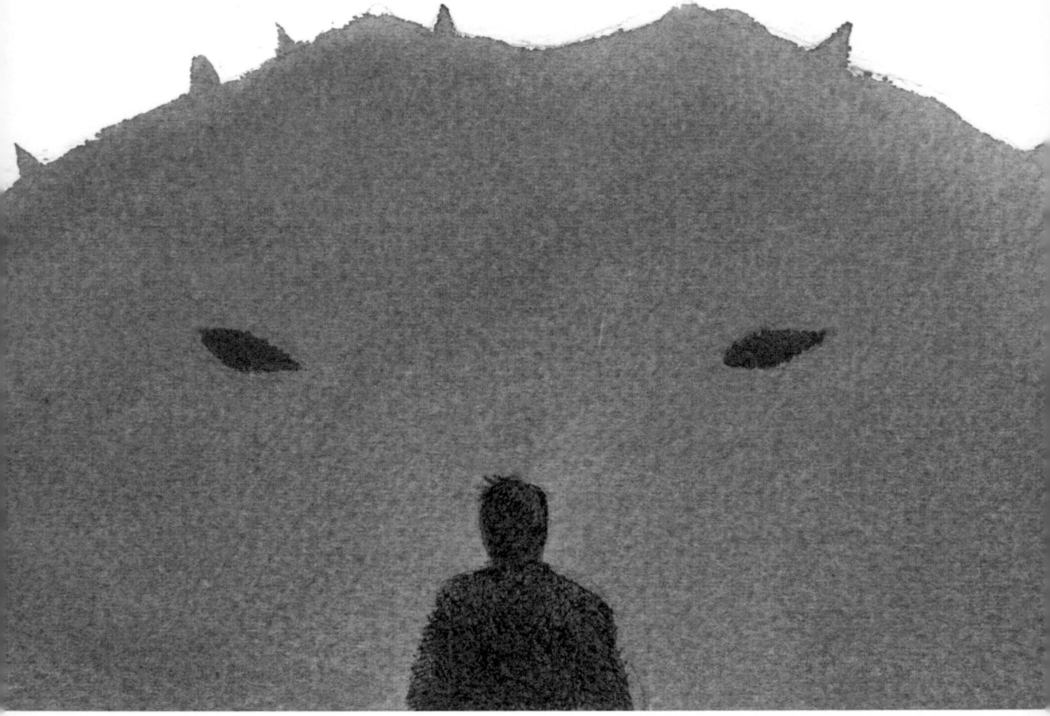

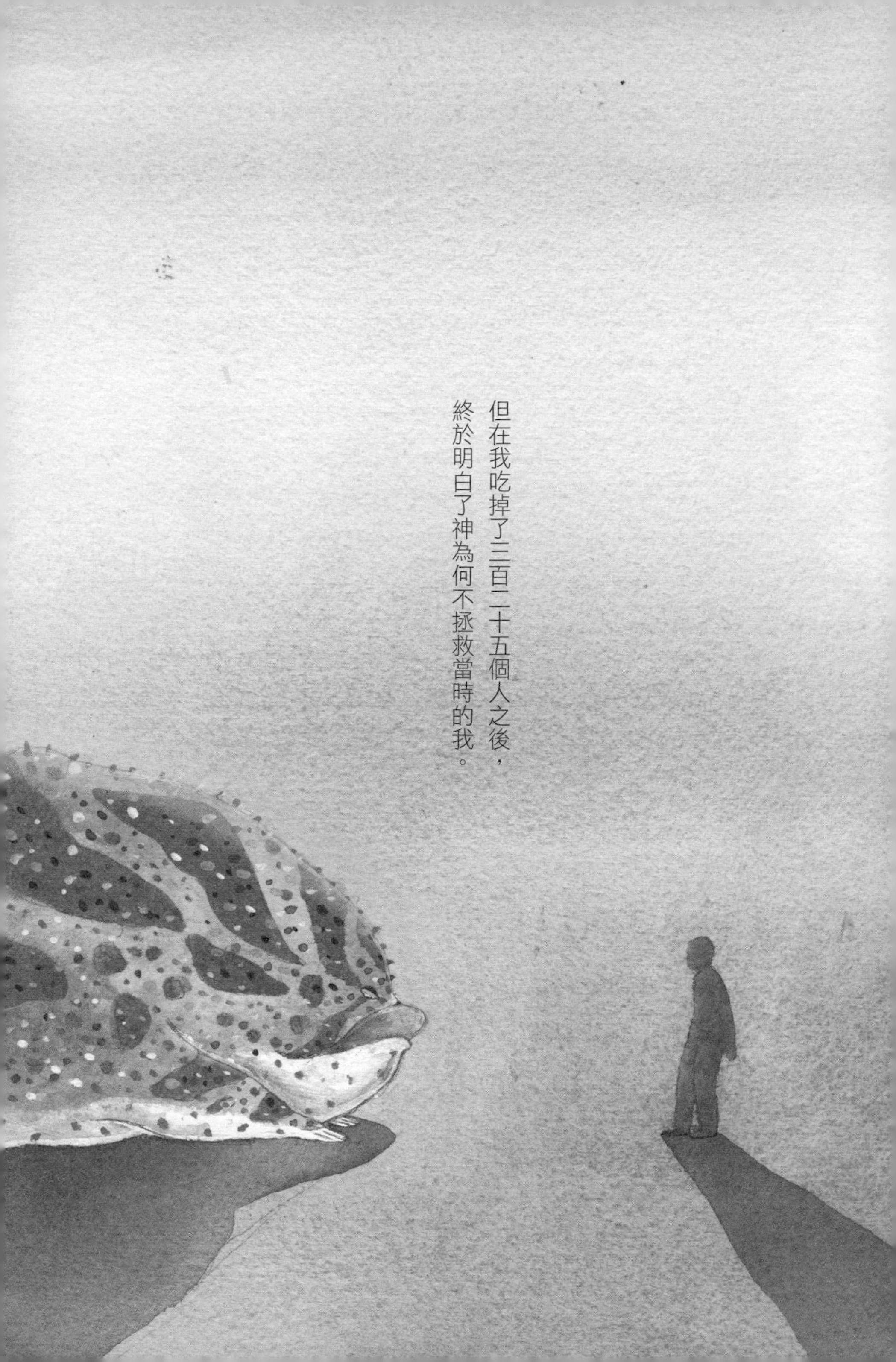
但在我吃掉了三百二十五個人之後，
終於明白了神為何不拯救當時的我。

遺憾與悔恨魔都聽膩了，神何嘗不是？
他將是我嘴裡第三百二十六個後悔的靈魂⋯。

一百個
故事

我有一個夢。
要畫出一百個故事。
哪天如果一百個都完成了。
倘若還有機會，我想完成一〇一個、
一〇二個、一〇三個⋯。

當然，我理性的計算過
這一百個故事，將花去多少時間？
也曾理性的計算這一百個故事，
能為我帶來幾口飯？

我天性不樂觀，
知道無法完成的機率是存在的。
但我還是非常想要開始。
所以我開始了，
開始了阿夢的故事。

我曾經完成了幾個。

是牆上的海報激勵了我，
因為我羨慕偶像背上的翅膀。
可是等我經歷了黑暗的苦澀，
我才真正認識了他是誰。
也才真正認識了自己。

我知道就算發了光也不會和他一樣，
夢想從來只有「努力」可以模仿。

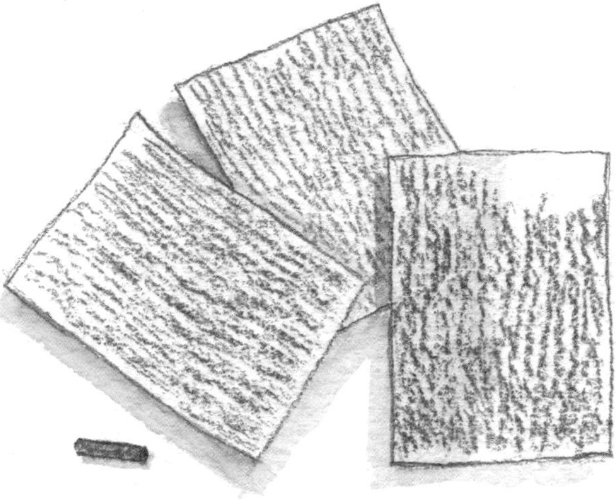

我已經完成了幾個。
曾經以為我的夢最獨特。
但世界之大告訴我，
每個人都相信自己造了獨特的夢想。
於是最後我以為的獨特，
其實很平凡。

有時候我為了我的夢犧牲別人，
有時候我也被別人的夢給犧牲。

我不想大聲嚷嚷。
因為科學小飛俠打開了光明的翅膀，
當他堅信自己是正義的化身時，
那一刻，他就成了惡魔黨。

我試著理解我的夢可能造就了別人，
也感謝他人的夢可能成就了自己。

我仍在完成我的夢。

從開始了的那一天起，
有人讚賞、有人擔憂、有人嘲笑。
然而那個讚賞擔憂嘲笑的人，
最多的時候其實就是我自己。

人吞著夢裡的苦是簡單的，
艱難的是看著所愛的人
因為自己也吞著。

於是我有時硬著頭皮走到底，
有時我改變方向。

因為我害怕天真的勵志
會把我灌漿成堅硬的石頭。

固執的犀牛提醒著我，
「夢想是因你而生，並非你因為夢想而存在。」
固執的犀牛提醒我，
「懷疑，才是努力的證明。」

我確實完成了幾個。

有時我站在台上以我的完成認證我的夢想。
有時我也坐在台下聽著他人
以他的完成來認證自己。

可是，
最後其實我們無一掌握。

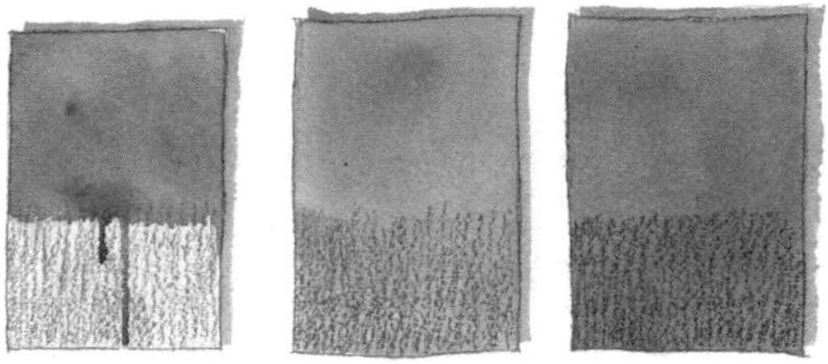

我體悟了沒有絕對能夠完成的夢想，
我唯一能夠認證的只有意志的自由。

我可以繼續、我可以急停、可以緩步、
也可以全速。

努力的自由、幸運的可能。
這是每個夢想發光前唯一的存款。
我只能以這樣的存款出發。

我想畫出一百個故事。
這是我一個天真的夢想。而我也開始了。
然而每一天我都在理性的計算，
我明白夢想的最後
可能只是碎成一地的妄想。

但唯一的確信
是我終究不會一無所有。

我終將完成一個故事，
那個故事是屬於我自己的。
屬於我自己人生的，
阿夢的故事。

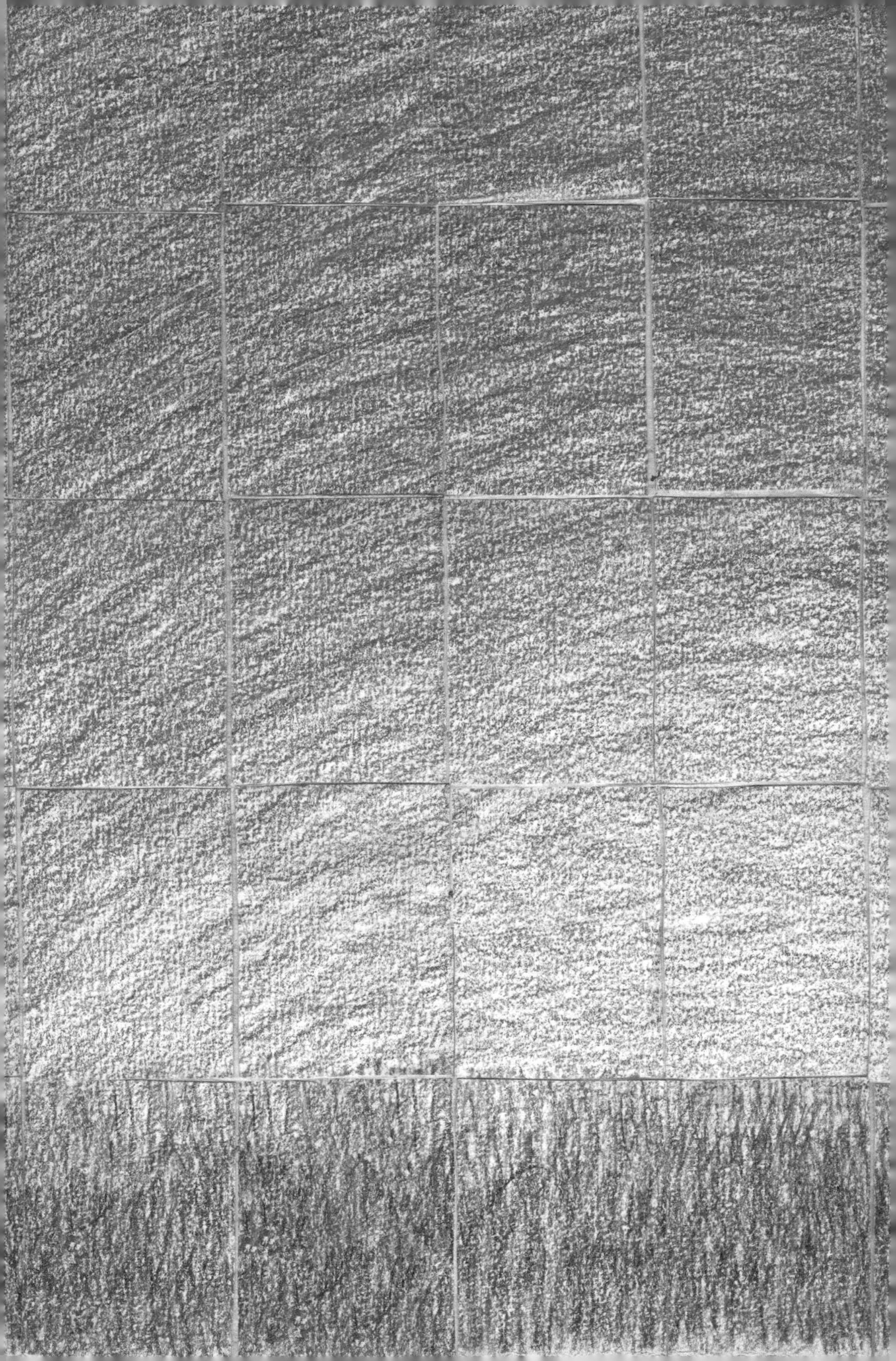

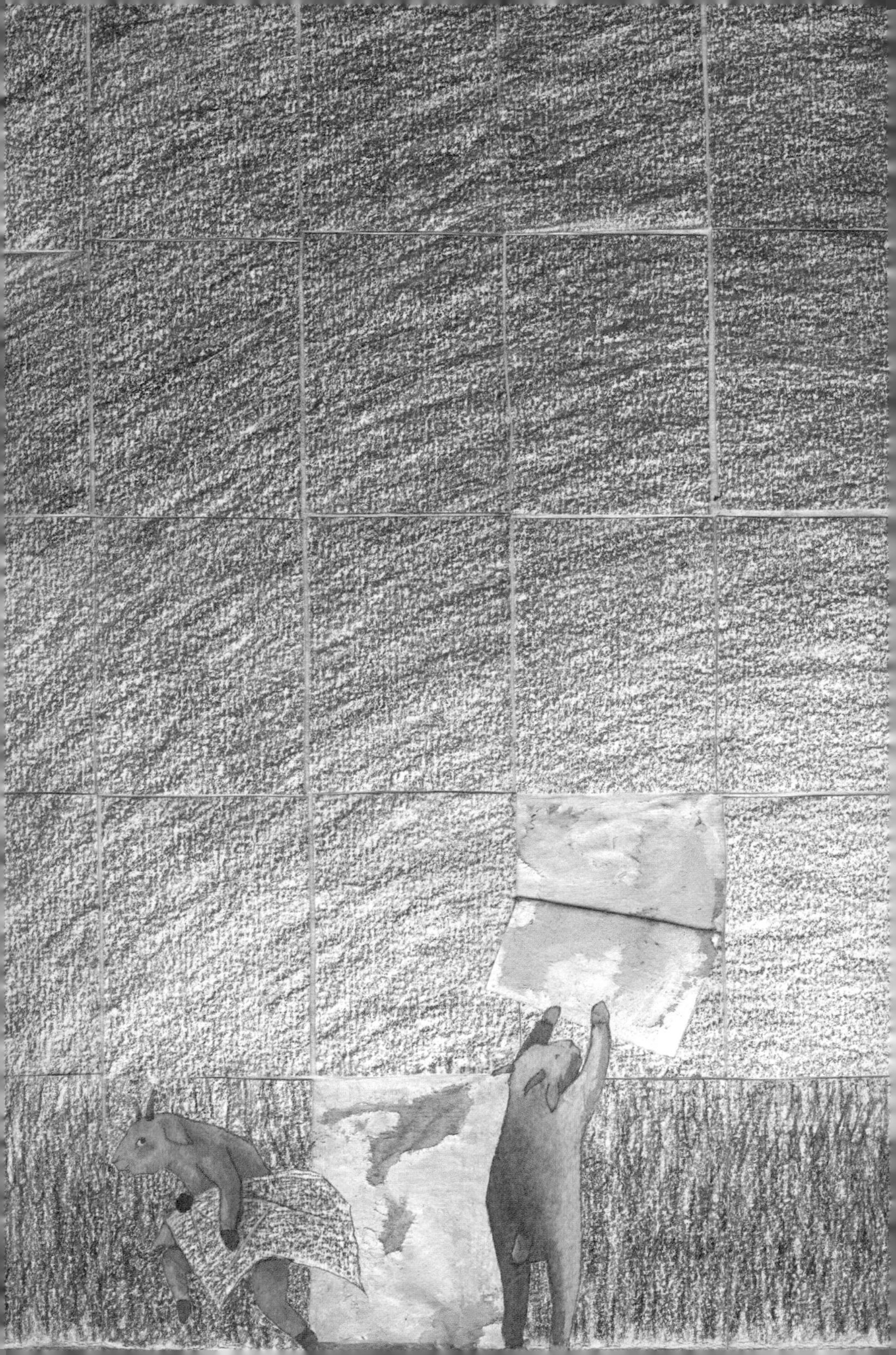

後記

過去我經常在自己的書中摻入幾個短篇，這回是第一次以全短篇的形式呈現。

〈阿夢的故事〉最早是出現在《寂寞長大了》裡的一篇短文，後來我將原本的內容做了延伸並配上圖畫，和其他六個故事收錄一起，最後索性也以篇名作為書名。

比較不同的是，這個關於夢想的題材既沒有放入鼓舞人心的閃亮情節，也沒有苦盡甘來的甜蜜結尾。
正因為「夢想」雖是個虛幻的名詞，但它最不吝嗇的就是告訴每個人何謂「真實」。

《阿夢的故事》採奇幻寓言來呈現，想說的也就是這一種真實。

透過「真實」的呈現，能否將我們常掛嘴中的「夢想」還原？或者重新詮釋所謂的「實現」?
這答案，來自我與自己心中阿夢的對話。希望也會是你的。

國家圖書館出版品預行編目資料

阿夢的故事 / 恩佐著 . – 初版 . – 臺北市：大田，民
101.08
面；公分 . --（視覺系；30）
ISBN 978-986-179-254-5（平裝）

855 101010030

視覺系 030

阿夢的故事

7 個屬於你我的人生短片

恩佐◎著

出版者：大田出版有限公司
台北市 106 羅斯福路二段 95 號 4 樓之 3
E-mail：titan3@ms22.hinet.net http://www.titan3.com.tw
編輯部專線：（02）2369-6315 傳眞：（02）23691275
【如果您對本書或本出版公司有任何意見，歡迎來電】
行政院新聞局版台業字第 397 號
法律顧問：甘龍強律師

總編輯：莊培園
主編：蔡鳳儀 編輯：蔡曉玲
企劃統籌：李嘉琪 行銷統籌：蔡雅如
視覺構成：好春設計・陳佩琦
校對：蔡曉玲 / 恩佐

總經銷：知己圖書股份有限公司
（台北公司）台北市 106 羅斯福路二段 95 號 4 樓之 3
電話：（02）23672044・23672047・傳眞：（02）23635741
郵政劃撥：15060393
（台中公司）台中市 407 工業 30 路 1 號
電話：（04）23595819・傳眞：（04）23595493

承製：知己圖書股份有限公司 電話：（04）23581803
初版：二〇一二（民 101）八月三十日 定價 280 元
總經銷：知己圖書股份有限公司 郵政劃撥：15060393
（台北公司）台北市 106 羅斯福路二段 95 號 4 樓之 3
電話：（02）23672044/23672047 傳眞：（02）23635741
（台中公司）台中市 407 工業 30 路 1 號
電話：（04）23595819 傳眞：（04）23595493
國際書碼：978-986-179-254-5 CIP：855/101010030
Printed in Taiwan

廣告回郵
北區郵政管理局登記證北台字1764號
免貼郵票

From：地址：

姓名：

To：大田出版有限公司　編輯部收

地址：台北市 106 羅斯福路二段 95 號 4 樓之 3
電話：(02) 23696315-6　傳真：(02) 23691275
E-mail：titan3@ms22.hinet.net

＊請沿虛線剪下，對摺裝訂寄回，謝謝！

大田精美小禮物等著你！

只要在回函卡寫下你的夢想，並寄回大田，
你就有機會抽中「**恩佐夢想印章**」！

To my dear Dream：

活動時間：2012 年 8 月 1 日至 2012 年 10 月 30 日（以郵戳爲憑）
得獎公布：大田編輯病部落格 http://titan3.pixnet.net/blog
大田 FB 粉絲專頁 https://www.facebook.com/titan3publishing

智　慧　與　美　麗　的　許　諾　之　地

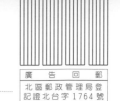

＊請沿虛線剪下，對摺裝訂寄回，謝謝！

讀 者 回 函

你可能是各種年齡、各種職業、各種學校、各種收入的代表，
這些社會身分雖然不重要，但是，我們希望在下一本書中也能找到你。

名字／ ____________ 性別 ／□女 □男　　出生／______年_____月_____日

教育程度／

職業：□ 學生□ 教師□ 內勤職員□ 家庭主婦 □ SOHO 族□ 企業主管
□ 服務業□ 製造業□ 醫藥護理□ 軍警□ 資訊業□ 銷售業務
□ 其他 ______________________________

E-mail/______________________________ 電話／ ____________________

聯絡地址：

你如何發現這本書的？　　書名：阿夢的故事

□書店閒逛時________書店 □不小心在網路書站看到（哪一家網路書店？）________
□朋友的男朋友(女朋友)灑狗血推薦 □大田電子報或編輯病部落格 □大田 FB 粉絲專頁
□部落格版主推薦 ______________________________
□其他各種可能 ，是編輯沒想到的 ______________________________

你或許常常愛上新的咖啡廣告、新的偶像明星、新的衣服、新的香水……
但是，你怎麼愛上一本新書的？

□我覺得還滿便宜的啦！ □我被內容感動 □我對本書作者的作品有蒐集癖
□我最喜歡有贈品的書 □老實講「貴出版社」的整體包裝還滿合我意的 □以上皆非
□可能還有其他說法，請告訴我們你的說法

____

你一定有不同凡響的閱讀嗜好，請告訴我們：

□哲學 □心理學 □宗教 □自然生態 □流行趨勢 □醫療保健 □ 財經企管□ 史地□ 傳記
□ 文學□ 散文□ 原住民 □ 小說□ 親子叢書□ 休閒旅遊□ 其他 ____________

你對於紙本書以及電子書一起出版時，你會先選擇購買

□ 紙本書□ 電子書□ 其他______________________________

如果本書出版電子版，你會購買嗎？

□ 會□ 不會□ 其他______________________________

你認為電子書有哪些品項讓你想要購買？

□ 純文學小說□ 輕小說□ 圖文書□ 旅遊資訊□ 心理勵志□ 語言學習□ 美容保養
□ 服裝搭配□ 攝影□ 寵物□ 其他 ______________________________

請說出對本書的其他意見：

大田出版有限公司編輯部 感謝您！